Georg Hirschfeld

Zu Hause

Ein Akt

Georg Hirschfeld

Zu Hause
Ein Akt

ISBN/EAN: 9783743646353

Hergestellt in Europa, USA, Kanada, Australien, Japan

Cover: Foto ©Andreas Hilbeck / pixelio.de

Weitere Bücher finden Sie auf **www.hansebooks.com**

GEORG HIRSCHFELD

Zu Hause

Ein Akt.

Berlin
S. Fischer, Verlag
1896.

Den Bühnen und Vereinen gegenüber als Manuskript gedruckt.
Sowohl Aufführungs- als Nachdrucks- und Übersetzungsrecht vorbehalten.
Für sämtliche Bühnen im ausschließlichen Debit der Theater-Agentur von A. Entsch in Berlin, von welcher allein das Recht der Aufführung zu erwerben ist.

Personen:

David Doergens.
Frau Doergens.
Ludwig, } ihre Söhne.
Arthur,
Sanitätsrat Magnus.
Hermann Seßlg.
Josef Schlösser.
Anna, Hausmädchen, } bei Doergens
Caroline, Köchin,

(Scene: Der Salon beim alten Doergens. — Reich, mit geschmacklosem Prunk. Stilloses Meublement. Dicke Teppiche. Es ist Abend, die Wanduhr zeigt 9. An einem der Fenster ist der Vorhang zurückgezogen. Die Scheiben sind dicht gefroren, es schneit draußen. Alles in allem ein Winterbild.)

Anna

(Hausmädchen aus dem Berliner Westen — deckt den Tisch mit Silber und feinem Geschirr, welches sie dem Büffet entnimmt).

Caroline

(dicke, rote Landlöchin, kniet am Kamin und schürt das Feuer).

Caroline.

Wissen Se, Anna —

Anna.

Was?

Caroline.

Wenn's heut wieder dreien wird, leg' ich mir hin.

Anna.

Wird heut nicht so spät.

Caroline.

Sie haben Ahnung. Wenn der dicke Magnus kommt, der quatscht sich doch sicher bis Uhre dreien fest.

1

Anna
(mit scharfem g). Die gnädige Frau hat mir extra gesagt — erst wird gegessen und dann wird gegangen.

Caroline.
Ne — erst wird ge—spielt!

(Pause.)

Anna.
Sind Sie fertig?

Caroline
(steht auf). Wenn's nu nich heiß jenug is ... Bullen= hitze — was? (da Anna nicht antwortet). Wissen Se, man is schon jar keen Mensch mehr. Nacht fir Nacht um de Ohren schlagen, erst noch abwaschen, um viere ins Bett und dann um halb sieben schon wieder uf und 'n Herrn Kaffee machen —

Anna
(zischt). Halb sieben! Ich würde ihm was

Caroline.
Was soll man machen.

Anna.
Wenn Sie solch Schaf sind und's thun! Ihnen ist doch nicht zu helfen!

Caroline.
Na er muß doch Kaffee kriejen.

Anna
(allmählich in den Pöbelton verfallend). Dann soll er'n sich alleine heiß machen und nicht schon am frühen Morgen, wenn er in seine faule Kundschaft muß, die Leute aus'm Bett bringen! Wozu haben wir denn unsern Selbstkocher? Laß' er sich doch mal die Finger verbrennen, nachher wird er's schon lernen!

Caroline.
Nu was — hab' ich's so lange jemacht ... Is doch schließlich schlimm für so'n Mann — am frihen Morgen, wenn's noch janz dunkel is uf de Straße, muß er in de Kälte raus, und die andern liejen bis halb elwen warm in's Bett.

Anna
(steckt Brötchen in die Servietten). Ach Gott, wir sind ja froh, wenn wir'n los sind! Wir haben schon am Sonntag genug!

Caroline
(halblaut). Ach sein Se still. Er is'n janz juter Mann.

Anna
(lacht). Nu ja natürlich! Das weiß man ja — wenn Sie nicht wären, wo hätte da der Herr Doergens hier noch 'ne Partei!

Caroline.
Partei. Quasseln Se doch man nich. Sie steh'n doch bloß 'n janzen Tag hinter de Frau ihren Frisirstuhl und flistern ihr in de Ohren.

Anna.

Ach meinen Sie? Daß Sie das bloß nicht mal zu deutlich merken!

Caroline.

Ach Sie meinen von wejen rausjraulen? Ne, ne, mein Engel, da haben Se nu keen Jlick, wissen Se. Dazu koch' ich unser Frau zu jut und zu billig. Jor siebzig Dhaler 'ne perfekte Kechin, die ooch noch 'n krankst Kind zu bedienen hat, des find't se nich jut uf'n Weihnachtsmarcht.

Anna.

Allerdings! Ne — Köchin!

Caroline

(nachahmend). Nu jaa — 'ne Kechin! Sie halten sich wol jor'n Ende mehr? Jloben Sie man, ich wär' schon längst hier raus, ich wär' schon längst in meene Heimat, wenn —

Anna.

Wo sind Sie doch her? Ach richtig — aus Potsdam!

Caroline.

J jewiß bin ich aus Potsdam! Und woher Sie sind, das werden Se wol von alleene nicht wissen!

Anna.

Ich verbitt mir das.

Caroline.

Jott, lassen Se man die Bilder stecken! Zieht ja nich)! Ich sag' janz offen: Wenn der Mann mir nich leid thäte und das arme Wurm, die Trude — ich wär' schon lange raus aus dem Dreckneft — lange!

Anna.

Interessant für die Frau. Sehr interessant.

Caroline.

Ja! Ja! Bringen Se's an! Um Jotteswillen bringen Se's an! Sie behalten's ja doch nich bei sich! Rausjraulen können Se mir doch nich — dazu koch' ich zu billig und zu jut!

Anna

(voll Gift, sich in den Hüften wiegend). Allerdings... es ist ja sehr begreiflich... warum Sie sich hier so heimisch fühlen. Wenn man die Ehre und den Vorzug hat, vom Herrn so — begünstigt zu werden —

Caroline

(steht erst sprachlos, dann). Oller Pöbel (ab, schmeißt die Thür zu.)

Anna (lacht ihr nach).

Frau Doergens

(Anfang der Vierzig, frühere Schönheit, scharf griechisches Profil, der Blick etwas finster und verschleiert, krampfhaft liebenswürdiger Zug um den Mund, Teint und Taille von künstlicher Jugendlichkeit. Sie tritt von links ein. In heller

Gesellschaftstoilette, prononciert vornehm). An—na. Was — ist denn wieder?

Anna
(plötzlich in ihrem „gebildeten" Ton). Ach nichts, gar= nichts, gnädige Frau. Die Caroline — gnädige Frau wissen ja — wenn sie gekocht hat, steigt ihr das Blut immer ein bißchen —

Frau Doergens
(nervös). Genug ... es ist gut. Vermeiden Sie das, Anna. Das Geschrei macht mich nervös. Caroline ist brauchbar. Man kann ihr etwas sagen — ohne Geschrei.

Anna.
Gnädige Frau mißverstehen das — Caroline ist immer so leicht gereizt —

Frau Doergens
(mit Ansehen). Es ist gut. — (Nach einer Pause sanft.) Ist alles fertig?

Anna.
Jawohl, gnädige Frau.

Frau Doergens.
Ein Couvert mehr?

Anna.
Ja. Herr und Frau Sanitätsrat Magnus kommen doch wohl, und der junge Herr Magnus —

Frau Doergens.
Der junge Herr Magnus kommt nicht. Das Couvert ist für jemand anders bestimmt.

Anna.
Für Herrn Schlösser?

Frau Doergens.
Unsinn. Für den wird doch jeden Abend gedeckt. Sie wissen doch — Herr Schlösser. Muß ich Ihnen das erst jedesmal sagen? (Sie setzt sich links.) Sie können auch wissen, für wen das Couvert bestimmt ist. Eigentlich sollte es für jeden eine Überraschung sein — für jeden. Aber da Sie eine verständige Person sind... Das Couvert gehört meinem Sohn.

Anna.
Herrn Arthur?

Frau Doergens.
Unsinn. Wär' das eine Überraschung? Dem älteren jungen Herrn gehört's, dem Herrn Doktor!

Anna.
Herrn Ludwig? Aber verzeihen gnädige Frau, der Herr Ludwig ist doch, denk' ich, in Straßburg?

Frau Doergens.
Augenblicklich ist er auf der Bahn, und nachher wird er hier am Tisch sitzen.

Anna.

Ach — ach Gott — das freut mich aber — das ist doch eine Überraschung — verzeihen gnädige Frau — aber ich freu' mich so —!

Frau Doergens.

Bitte — ich weiß das.

Anna.

Und Doktor ist der Herr Ludwig geworden?

Frau Doergens.

Sie hören. Er ist praktischer Arzt, hat drei erste Preise erhalten. Die Straßburger Professoren wollten sich gar nicht von ihm trennen!

Anna.

Das kann ich mir denken! Ich erinnere mich ja noch so gut an den Herrn Ludwig! Solch schlanker, hübscher, junger Mann! Das wußt' ich ja, daß es der Herr Ludwig noch zu was Großes bringt!

Frau Doergens
(leichthin). Sie kannten ihn?

Anna.

Freilich, gnädige Frau, freilich! Er war doch noch zwei Tage in Berlin, wie ich hierher zog. Nein, das dacht' ich mir! Wie haben denn gnädige Frau bloß die schöne Nachricht bekommen?

Frau Doergens.
Herr Arthur brachte mir eben die Depesche. Mein Sohn kommt ganz überraschend.

Anna.
Nein, ist das hübsch! Und der Herr Doktor bleibt jetzt hier?

Frau Doergens
(renommierend). Natürlich. Er übernimmt seine Berliner Praxis.

Anna.
Ach ist das hübsch! Nu will ich doch gleich dafür sorgen —

Frau Doergens
(plötzlich wieder finster und nervös.) Jawohl. Das Bett muß aufgestellt werden. Sorgen Sie dafür.

Anna.
Darf ich's Caroline erzählen? Ach bitte — gestatten mir gnädige Frau?

Frau Doergens.
Meinetwegen. Aber klatschen Sie nicht zu lange.

Anna.
Nein, nein. (Frau Doergens ab nach links.)

Caroline
(kommt aus der Mitte zurück, mit finsterem Blick auf Anna). War sie nich eben hier?

Anna

(macht ihr Zeichen und Blicke nach der Thür, wo Frau Doergens abging).

Caroline

(nicht verstehend). Was jlupen Se denn?

Anna

(ganz leise zischend). Horcht!

Caroline.

Was?

Anna

(wie vorhin). Schaf! — Horcht!

Caroline

(gleichgültig). Ach so.

Anna

(geht unbefangen nach der Thür, putzt an der Klinke, horcht dabei).

Frau Doergens

(ruft draußen wie aus größerer Entfernung). An—na! Daß das Bett nicht vergessen wird!

Anna

(ebenso). Wie meinen gnädige Frau? — Nein, nein bewahre, gnädige Frau!

(Frau Doergens entfernt sich draußen.)

Caroline

(tritt näher). Was is benn schon wieder?

Anna.

Mit Ihnen ist auch gar nichts aufzustellen! Gar nichts! Das hat sie doch nu wieder gemerkt!

Caroline.

Ach hol' Sie der Deibel mit Ihre Horcherei. Was wollten Se denn?

Anna

(immer noch halblaut, eifrig). Ein Couvert soll noch aufgelegt werden.

Caroline.

Wol für den krummbeenigen Östreicher?

Anna.

Unsinn. Für Schlösser ist schon gedeckt. Der Ält're kommt heute — der Ludwig!

Caroline

(gleichgültig). So?

Anna.

Sie haben ihn ja nicht mehr gekannt — was? Nein, Sie können ihn ja —

Caroline.

Na, ich kann'n mir denken. Wenn er so die zweete Uflage von Arthur'n is —

Anna.

Weiß ich nicht. Wahrscheinlich. Übrigens Arthur geht. Man muß ihn bloß richtig nehmen.

Caroline.

Was will denn der Ludwig?

Anna.

Sie hören doch, er ist Doktor geworden. Kostet dem Alten wahrscheinlich wieder 'ne Stange Gold. Und Doktors haben wir hier in Berlin — mehr als zuviel. Da brauchen sie den! Aber ich reim' mir ja die ganze Geschichte zusammen! Ich weiß doch! Leben kost' Geld! Jeden Abend Gesellschaft bis in de Nacht um vier, das kommt nicht raus beim Alten! Da muß der Junge 'ran! Versteh'n Se? Der soll für den Riß steh'n! „Praxis!" Das kennt man schon!

Caroline.

Na so'n junger Doktor hat doch ooch nischt.

Anna.

Hat nichts. Das versteh'n Sie nich. Dann geht de Mama auf Raub aus! Dann muß 'ne Schwiegertochter 'ran! Er is doch Doktor — das zieht!

Caroline.

Ach so meinen Sie.

Anna.

Ja. Und nu wird er hier doch wahrscheinlich wohnen sollen, damit die Miete rauskommt! Na das wird heiter! Das wird heiter, sag' ich Ihnen!

Da können wir uns immer so langsam auf Boletten und Milchsuppe gefaßt machen!

Caroline.

Wär' mir schon lieber als das Luderleben de Nacht durch.

Anna.

So? Na wollen uns sprechen. Ich sage Ihnen, der Herr Doktor kann sich freuen! Die auf'm Pelz haben! Gott soll mich bewahren! Aber ich durchschau' ja auch, wer ihn so plötzlich nach Berlin gerufen hat. Der Alte! Kein andrer, wie der Alte! Das seh'n Sie nicht! Nich wahr? Nu ja Sie! Sie Unschuldslamm! Er braucht einen Schutzmann! Schlösser und sie — da traut er sich nicht 'ran! Da ruft er'n Schutzmann! 'N Schutzmann! Hä. (Sie giebt ihr lachend einen Backenstreich und ab. — Caroline steht noch eine Weile auf demselben Fleck, schüttelt halb angeekelt, halb verwundert den Kopf.)

Frau Doergens

(von links). Caroline —

Caroline

(fährt auf.) Ja! Was'n, gnädije Frau?

Frau Doergens

(sanft). Ist alles fertig?

Caroline.

Ja, brauch' bloß jejessen zu werden.

Frau Doergens.

Gut. Hat Borchardt geschickt?

Caroline.

Ja, der Diener oder was er is steht noch draußen mit be Rechnung.

Frau Doergens.

Reißen Sie die Quittung ab und geben Sie dem Menschen eine Mark. Wie sieht die Majonnaise aus?

Caroline.

Ach, jut. Bei Borchardt'n sieht se immer jut aus.

Frau Doergens.

In der Küche sind Sie also fertig?

Caroline.

Ja.

Frau Doergens

(plötzlich in hetzendem, feindseligem Ton). Aber dann beeilen Sie sich doch, Caroline! Gertrud muß doch gebadet werden! Heut ist doch Mittwoch! Alles muß man Ihnen erst sagen!

Caroline.

Herjott, ich weeß ja. 'S Wasser is ja schon fertig.

Frau Doergens.

Daß aber die Maschine nicht wieder entzwei geht. Zehn Mark kostet das Vergnügen.

Caroline.

Ne übrigens — mit die Maschine — Kinder Jottes, is des 'ne Quälerei. 'N janzen, langen Tag in dem Panzer liejen — ne —!

Frau Doergens.

Gott, überlassen Sie doch das den Leuten, die's versteh'n. Die Maschine hat Sanitätsrat Magnus gekauft. Überhaupt das einzige Mittel, um Gertrud aufrecht zu halten. Vierhundert Mark hat sie gekostet — vierhundert Mark! (Sie reißt ein Brötchen aus der Serviette, beißt ab und kaut mit großem Appetit.)

Caroline
(ballt heimlich ihre dicken, roten Fäuste — rechts ab).

Frau Doergens
(läßt sich, sobald das Mädchen hinaus ist, auf die Chaiselongue fallen und lehnt den Kopf weit zurück. Sie starrt schweigend in die Gasflammen).

Arthur Doergens
(kommt durch die Mitte, schlägt nachlässig und mit einem Knall die Thür hinter sich zu. Er ist 19 Jahre alt, ziemlich klein, untersetzt. Wiener Kellnerfrisur. Breites, trotz der Jugend schon arg verlebtes Gesicht; müde, lüsterne Augen; hypermodern gekleidet; hellgrauer Gigerlüberzieher, weite Hosen, spitze Stiefel. Er wirft beim Hereintreten Hut und Stock auf's Sofa). Na, Mama? Bin noch jarnich aus'n Sachen gekommen!

Frau Doergens (gähnt).

Arthur
(davon angesteckt). Ae—ch. Ja, ja. — Nu? Is heute wieder Fee;?

Frau Doergens.
Wirf' mir bitte Deine Sachen nicht so im Zimmer herum.

Arthur.
Ach so — pardon! pardon! (ruft krähend) Anna!

Anna
(erscheint hinten). Herr Arthur?

Arthur.
Ach Anna — Sie wissen ja — zu Ihnen is mein liebster Jang! Tragen Sie mir mal de Sachen raus.

Anna
(nimmt pflichtschuldigst lachend seinen Hut, Überzieher und Stock, geht damit wieder ab).

(Pause.)

Arthur
(gähnt). Ae—ch. Ja — ja. Also heute werden wir das Verjnüjen haben — unsern Herrn Doktor bejrüßen zu können.

Frau Doergens.
Du könntest übrigens noch nach dem Bahnhof raus und ihn abholen.

Arthur.

Abholen? Bist wohl närrisch, Mama? Abholen. Das fehlte noch. Bin müde wie'n Hund. Den jroßen Menschen abholen.

Frau Doergens.

Er wird sich aber wundern, wenn niemand draußen ist.

Arthur.

Na denn wundert er sich. (Zwischen den Zähnen.) Wird sich noch über manches wundern.

Frau Doergens.

Thu' mir'n Gefallen, Arthur, und fahr' raus

Arthur

(streckt sich behaglich aus). Ne, Mama. Wird nich verzappt. (Er steckt sich eine Cigarre an. Pause.) Apropos — wie jeht's Trude?

Frau Doergens
(kalt). Gut.

Arthur

(rauchend). Übrigens — da is was für sie in meinem Überzieher — linke Seitentasche — — Katzenzungen — darf se essen — was?

Frau Doergens.

Immer das unnötige Geldverquabbeln! Wozu, möcht' ich wissen. Was sie bekommen muß, kriegt sie doch.

2

Arthur.

Nu was — Katzenzungen. (Pause.) Du — apropos — Mama!

Frau Doergens.

Hm?

Arthur.

Ich glaube, Papa weiß noch gar nicht, daß Ludwig kommt?

Frau Doergens

(kurz und schroff). Er wird's schon hören. Er ist doch den ganzen Tag nicht zu finden! Da kann er auch nicht verlangen, daß man ihm nachschickt.

Arthur.

Hm — na — wenn er's man nich krumm nimmt.

Frau Doergens.

Ach krumm. Großes Wiedersehen!

Arthur.

Nu ja. Ich meine bloß, er hätte ihn vielleicht vom Bahnhof abgeholt.

Frau Doergens.

Ja da ist doch nun nichts zu machen.

Arthur.

Nu — ja. (Pause.) Is Schlösser schon hier?

Frau Doergens

(sieht ihn etwas von der Seite an, dann gleichgültig). Nein.

Arthur.

Ich traf ihn vorhin — wird wohl bald erscheinen.

Frau Doergens.

Hast Du ihm schon erzählt —?

Arthur.

Ja gewiß. Er schien nicht sehr entzückt.

(Es klingelt draußen.)

Frau Doergens.

Ob das schon Magnussens sind?

Arthur.

Ne — der olle Pustekohl — was denkste denn — der kriegt doch de Klingel nich so weit raus! Schlösser is es auch nich. (Er streckt sich wieder aus.) Wird Papa sein.

Frau Doergens.

Caroline kann aufmachen.

(Es klingelt zum zweiten Mal.)

Arthur.

Wo bleibt denn das Frauenzimmer?

Frau Doergens.

Caroline!

Caroline

(schnell von rechts). Herrjott ja. (zurücksprechend.) Nu ja, mein Schnuteken, — nu jachen, mein Trubeken

— ich komm' ja gleich wieder — (Es klingelt zum dritten Mal. — Arthur stampft mit dem Fuß auf.)

Caroline.

J du mein — (ab.)

(Man hört draußen die Thür öffnen und Schritte.)

(Pause.)

Frau Doergens

(fragend zu Arthur). Er?

Arthur.

Natürlich.

(Caroline kommt wieder. Hinter ihr noch im Überzieher, verfroren, Schnee auf dem Hut, David Doergens, in jedem Arm ein kolossales Paket.)

Caroline.

Na, nu jeben Se mir man erst de Pakete her, Herr Doerjens —

Doergens

(ist Mitte fünfzig. Verfallen. Grau melierter Bart und rein weißes Haupthaar. Er geht vornübergebeugt. Teint gelblich, Augen durch einen starken Schnupfen wässerig und verschwommen, die Nase von Kälte gerötet. Er spricht fahrig, verwirrt und doch voll Eifer, fast bittend.) Na — na — nu bloß vorsichtig — nich doch — unten fassen — unten — oben is' naß — da is Schnee drauf — fassen Sie doch unten an — Herrgott — unten!!

Caroline.

Jeben Se doch man her, Herr Doergens — — lassen Se man einfach los — ich halt's schon.

Doergens

(jammernd). Sie halten's nich! Mein Gott — wenn ich noch'n Arm — (er bekommt die klammen Finger nicht los).

Frau Doergens

(halblaut und giftig.) Arthur, hilf doch da mal.

Arthur

(richtet sich langsam auf). Ja — wohl! Was denn?

Caroline

(hat beide Pakete). Is schon jut. (Sie trägt die Pakete in die Stube rechts.)

Doergens

(zieht sich immer noch pustend und die Nase schnaubend den Überzieher aus). Die Kälte — die Kälte — ne, ich sage schon . . . (Er gewahrt Frau und Sohn.) Nabend.

Arthur.

Nabend, Papa.

Doergens.

Nabend. Wie geht's Trudchen? — (da er keine Antwort erhält, geht er, wie schon daran gewöhnt, auf den Spitzen ins Zimmer rechts.)

Frau Doergens

(erhebt sich nervös). Eh' er sich da wieder trennt! . . . Ich bitte Dich, Arthur — geh' ihm nach und sag's ihm.

Arthur.

Ne, ne, um Gotteswillen! Da hol' ich ihn nich raus, Mama.

Frau Doergens

(stampfend). Der Mann — es is 'ne Qual! — (es klingelt draußen. Lebhaftes Stimmgewirr. Nach einer Weile öffnet Anna die Mittelthür — Sanitätsrat Magnus, Hermann Selig und Josef Schlösser treten unter lebhafter Begrüßung, Lachen 2c. ein.)

Arthur

(ihnen entgegen). Nanu — mit einem Mal der janze, edle Kreis? Seid mir jejrüßt, ihr edlen Sänger!

Magnus

(klein, sehr dick, kurz geschorener Vollbart, rotes Gesicht, kahler Kopf, lacht unausgesetzt). Na ... Kleener ... was? Hahaha — Zustand von Sänger! ... Was? ... Meinen Gruß, schöne Frau.

Frau Doergens.

O aber solo, Herr Rat?

Arthur.

Thu' mir doch'n Gefallen, Mama, und rede nich jetzt schon vom Schkat!

Magnus.

Hahaha — janz juter Witz — wirklich janz jut ... für Ihr Alter! — — Ja, thut mir außerordentlich leid, gnädige Frau — außerordentlich — meine Frau — Sie wissen ja — bischen Mijräne —

Frau Doergens.

Doch nichts von Bedeutung?

Magnus.

J wo! J wo! Ich habe mir auch schon erlaubt, Ersatz mitzubringen — Herrn Selig — Herrschaften kennen sich wohl schon?

Frau Doergens.

O gewiß — sehr gut! Aus Ostende! Sein Sie uns herzlich willkommen!

Selig

(verbeugt sich). Es — üst allerbüngs — eine Freiheit — aber gnädige Frau —

Arthur.

Keine Phrasen, mein Lieber! Sie sind uns willkommen! Spielen Sie Skat?

Selig

Ja.

Arthur.

Na also!

Schlösser

(nähert sich Frau Doergens). Ich habe die Ehre, gnädige Frau...

Arthur.

Ah.

Frau Doergens.

Warum nur immer so spät Herr Schlösser?

Schlösser.

Wenn es früher möglich gewesen wäre — (Beide sind vorn links allein. Er flüstert ihr, ohne seine Miene zu verziehen, zu) Warum bist gestern nicht dagewesen?

Frau Doergens
(fühlt sich beobachtet und erwidert nichts, sie wendet sich Magnus zu.)

Magnus.
Ja nu aber de Hauptsache! (er drängt sich an Arthur vorbei zu Frau Doergens.) Man muß doch jratulieren! Zum neuen Doktor! Was, schöne Frau?

Frau Doergens
(liebenswürdig). Danke! Danke! Woher wissen Sie?

Magnus.
Na Arthur hat mir doch erzählt! Und heute seh'n wir'n wieder? Na das is aber mal 'ne Freude! Wird ihm schon jefallen — wieder bei Mutter — wieder zu Hause!

Frau Doergens.
O, Ludwig ist so selbständig.

Magnus.
Mein Jott, 'n junger Mann! Hauptsache is, daß er was gelernt hat! Na an mir soll's ihm nich fehlen! An mir nich!

Frau Doergens.
Zu liebenswürdig.

Magnus.
Aber ich bitt' Sie! Bin doch auch mal junger Arzt jewesen! Na nu haben Se ihm wol ein schönes, warmes Nest einjerichtet!

Frau Doergens.

Ja, er wohnt bei uns.

Magnus.

Kann ich mir denken! Nu fehlen blos noch de Patienten. Aber das kommt auch. Keller hat sich ja wol für ihn interessiert? Wie? Keller in Straßburg?

Frau Doergens.

O sehr! Er wollte ihn ja am liebsten gleich da behalten. Aber Sie wissen doch — man will seinen Jungen gern wieder bei sich haben —

Magnus.

Na versteht sich! Was braucht er Straßburg? Berlin is auch nich zu verachten!

Schlösser.

Was sagt denn der Herr Gemahl zu dieser freidigen Jberraschung? —

Arthur

(sieht nervös nach rechts). Hm...

Frau Doergens

(kurz übergehend). Nun — er freut sich sehr.

Magnus.

Is Doergens schon hier?

Frau Doergens

(wechselt Blicke mit Arthur). Ja — freilich — ich begreife nicht — er ist vorhin zu Gertrud hineingegangen —

Magnus.
Nu da lassen Se'n — lassen Se'n.

Arthur.
Ne, Sie wollen doch aber an Ihren Schkat, Herr Sanitätsrat!

Frau Doergens
(mit bösem Blick). Geh' doch mal hinein, Arthur — sag' ihm doch, daß die Herren hier sind.

Arthur (zögert erst noch, geht dann hinein).

(Verlegene Pause.)

Selig
(will ein Gespräch beginnen). Der Wünter macht süch übrigens schon söhr bemörkbar —

Magnus.
Ja, wir sind im Dezember, mein Lieber.

Frau Doergens
(nicht freundlich zustimmend, sieht aber nervös nach rechts).

David Doergens
(kommt mit Arthur. Zurücksprechend). Na sei gut, Trubchen! Papa kommt gleich wieder! Gleich! — Was willste denn, Arthur?

Arthur.
Papa — die Herren sind —

Doergens

(erblickt die andern). Ach so! Pardon, meine Herren — sein Se willkommen! Wissen Se, wenn ich bei meiner Trude sitze — dann bin ich nich zu brauchen, dann bin ich'n schlechter Wirt!...

Arthur

(raunt ihm zu). Du Papa — Taschentuch raus — Nase troppt.

Doergens

(schnaubt sich verlegen) Ja, ja — die Kälte — was sagen Se zu der Kälte — is Ihnen sowas erinnerlich, Magnus? Was? Ah — Selig! Hermann Selig! Na das is aber —! Sieht man Sie auch mal wieder?

Selig.

Ich bün ein Eundringling. Wönden Sü süch an den Geheumrat — der hat Schuld.

Magnus.

Ach reden Se keinen Stuß, Selig! Übrigens — was macht die Kleine?

Schlösser

(mit leiser Ironie). Darf ich Sie auch begrißen, Herr Doergens? —

Doergens

(zurückhaltend). Nabend, Herr Schlösser. — Es jeht, Magnus, es jeht — man muß zufrieden sein. Wollen Sie se sich nachher mal anseh'n?

Magnus.

Wenn Sie wünschen. Nötig ist es nicht.

Selig

(macht sich an Doergens heran). Ich höre übrigens — es findet heute ein freudiges Ereignis bei Ihnen statt —

Doergens.

Freudiges Ereignis? Wieso, mein Lieber? Wieso?

Frau Doergens.

Hm —

Arthur.

Ja —

Selig.

Ich meune —

Magnus.

Ja wissen Sie denn das nich?

Doergens.

Ich weiß garnichts. Was is denn? (mit plötzlichem Schreck.) Etwa was mit dem Jungen? Mit Ludwig? Was?!

Selig

(beschwichtigend). Sü hören doch — ein freudiges Ereignis.

Frau Doergens

(ärgerlich). Nu ja. Du warst doch den ganzen Tag nicht aufzufinden. Heut Nachmittag kam eine Depesche von Ludwig — er kommt 9 Uhr 17, Friedrichstraße.

Doergens.

Wer kommt?

Frau Doergens
(ungeduldig). Ludwig, sag' ich Dir doch.

Doergens
(starr). Ludwig...? Aber — das ist doch gar nicht — möglich — Heut Abend?.. Depesche?.. Warum weiß ich das nich?!

Frau Doergens
(richtet sich auf). Ruhe! —

Doergens
(weicht vor ihrem Blick zurück). Ich — hatte ihm doch geschrieben — wenn er's einrichten kann, soll er nächsten Montag kommen. Wie kann er denn.... Fehlt ihm denn was?!

Frau Doergens.
Unsinn. Du magst ihm ja das geschrieben haben — ich habe ihm geschrieben, daß er heute kommen soll.

Doergens
(sich bezwingend). Ach — Du hast ihm das geschrieben! So! Ja dann.... Aber der arme Junge — da is er nu den ganzen Tag über gereist — nu kommt er hier an — kein Mensch auf'm Bahnhof — kein Mensch — (plötzlich losbrechend zu Arthur.) Warum bist Du nich rausgefahren?!!

Arthur
(erschrocken). War schon zu spät, Papa.

Doergens.
Ach Unsinn — zu spät. Zu faul warst Du —

Frau Doergens
David — ich bitte um Ruhe!

Doergens.
Ruhe, Ruhe, Ruhe. Wenn ich's wenigstens noch jewußt hätte, dann hätt' ich's doch möglich gemacht ... hätt' mir den Jungen geholt ...

Frau Doergens
(mit erzwungenem Lachen). Mein Mann ist zu komisch — was, meine Herren? Wenn Sie von meinem Sohn nichts wüßten, Sie müßten wahrhaftig glauben, er bringt noch seine Amme mit!

Schlösser.
Hahaha!

Selig.
Söhr gut. Sie müssen süch nücht so aufrögen, lüber Herr.

Doergens.
Ach sein Se still .... ach pordon .... ich habe doch aufgeschrieben, wo ich'n Tag über zu finden bin — das hab' ich doch aufgeschrieben!

Frau Doergens.
Denkst Du, ich habe immer gleich einen Boten, um Dir nachzuschicken? Aber ich glaube, die

Sache dürfte jetzt erledigt sein — die Herren wollen spielen.

Doergens
(zieht die Uhr). Wenn er sich 'ne Droschke jenommen hat — dann kann er gleich hier sein — jeden Moment kann er hier sein — der Junge.

Magnus.
Na, wir seh'n, Sie sind mit Ihrem Sohn be=
schäftigt, Doergens. Kommen Se, Selig — wir spielen 'ne Partie Sechsundsechzig. Sind Sie dabei?

Selig.
Ümmer. Das kann ja nicht teuer wörden.

Arthur.
Können Sie'n Kiebitz brauchen, Herr Rat?

Magnus
(lachend). Ja, Kleener! Aber nich zu jrüne Ogen machen! Was?

Frau Doergens.
Sie sind sehr freundlich, meine Herren — ich muß nur um Entschuldigung bitten — mein Mann —

Magnus
(leise). Lassen Se doch. (laut.) Doergens kommt nachher nach — was, Doergens?

Doergens.
Ja — ja. Gewiß. Jleich!

Frau Doergens
(öffnet die Mittelthür, man sieht in ein erleuchtetes, elegantes Spielzimmer). Bitte — entrez messieurs!

Magnus
(vergnügt). Danke! Danke! Nach Ihnen! Ach so! Sie spielen nicht Skat, schöne Frau! Ne, ne! Alle Frauen müssen Skat lernen — das gehört zur notwendigsten — Emanzipation — nich wahr — hab' ich nich — (Er geht schwatzend und lachend voraus. Selig folgt ihm, hinter diesem Arthur. Letzterer schließt die Thür.)

Schlösser
(mit vertraulicher Verbeugung zu Frau Doergens). Darf ich vielleicht der Dame Gesellschaft leisten?

Frau Doergens.
So angenehm das auch wäre — ich muß Sie doch bitten, den Herren zu folgen, lieber Herr Schlösser. Ich muß noch für unsern Ankömmling sorgen.

Schlösser.
Ah so — der Herr Doktor! Ja freilich. Der Herr Doktor hat natirlich größ're Rechte. (Er wirft ihr einen Blick zu, den sie halb auffängt, halb zurückweist — ab ins Spielzimmer.)

Frau Doergens
(wendet sich zu Doergens, der der kleinen Szene mit Schlösser äußerlich unbefangen und doch von innerem Groll verzehrt zugesehen, kurz und schroff). Du, gieb mir Geld.

Doergens
(kleinlaut). Sind die zwanzig alle?

Frau Doergens.

Wenn ich was haben will, werden sie wohl alle sein. Ich bitte aber schnell — das Mädchen hat ausgelegt.

Doergens.

Karoline?

Frau Doergens.

Nein. Anna.

Doergens

(in plötzlicher Raserei). Das Mensch soll nich auslegen!! Will ich nich haben!!!

Frau Doergens

(sieht ihn an, mit vernichtender Kälte). Wieso?

Doergens

(weicht langsam zurück). Thu' mir doch'n einzigen Gefallen, Amalie, und lass' die Dienstboten nich so viel auslegen. Sag' mir's doch rechtzeitig. Das giebt doch bloß unnötigen Klatsch.

Frau Doergens.

Danke für die Belehrung. Wenn Du des Morgens Wirtschaftsgeld hinlegst, weggehst und den ganzen Tag über nicht zu finden bist, wo soll ich'n da was herkriegen? He? Vielleicht von Arthur?

Doergens.

Arthur. Der wird was haben. Ich sage Dir, der Junge kostet mich ein Geld — ich sage Dir —

Frau Doergens.

Weiß schon. Weiß schon. Was Du ihm schon giebst.

Doergens
(in langsam steigender, verhaltener Wut). Wieviel wird denn gebraucht?

Frau Doergens.

Zwanzig. Borchardt muß ich auch bezahlen.

Doergens.

Zwanzig. Hm. Vierzig an einem Tag. Hm. Das ist....

Frau Doergens
(scharf). Wie?

Doergens
(zieht sein Portemonnaie, öffnet es mit zitternden Händen). Hier sind — vierzehn — sechszehn — siebzehn — achtzehn — — (hält inne) achtzehn. Da.

Frau Doergens.
Ich sagte zwanzig.

Doergens.

Ja, liebe Amalie — ich habe faktisch nich mehr bei mir — hier sind noch fünf Mark — ich muß doch auch noch was zum spielen haben — ich kann ja sonst in die allergrößte —

Frau Doergens
(nimmt hastig das Geld, verächtlich). Na! Zustand! —

Doergens

(geht ihr nach). Ich kann doch nicht mehr thun, als 'n janzen Tag — unterwegs — ich bin nich mehr — so jung — ich — das Geschäft is auch nich — berühmt — man muß froh sein — — ja, wenn ich mir wenigstens noch 'n Hausknecht hielte — aber man spart doch, wo man kann —

Frau Doergens.

Na beruhige Dich — ich auch! Ich auch!

Doergens.

Wenn nur die vielen Gesellschaften nich wären. Jeden Abend. Das is ja garnich zu erschwingen. Gott, ich bin ja auch für Geselligkeit. Wenn man so einmal in der Woche — jemütlich —

Frau Doergens.

Ja, Du mußt schon entschuldigen — ich will jetzt dem Mädchen Bescheid sagen. (Wendet sich nach links.)

Doergens

(geht ihr nach, plötzlich in seltsam verändertem Ton). Es muß unbedingt — eine Änderung eintreten... unbedingt eine Änderung — eintreten.

Frau Doergens (bleibt stehen).

Doergens

(heiser). Denn — so geht's nich weiter. Du hast ja keine Ahnung.. Ich schlaf' ja keine Nacht... Keine Nacht... Die Sorgen... Das frißt einen ja auf. Ihr — ihr seid so leichtlebig, so — Du und Arthur ... Ludwigs Studium mußte gemacht werden — das **mußte** — —

Frau Doergens.
Ja natürlich — alles, was mich nicht an=
betrifft — da ist nichts zu reden, das muß sein.

Doergens.
Dich nich anbetrifft? Dein Junge?... Ich habe wenigstens das Gefühl — was mein Kind betrifft, geht auch mich an.

Frau Doergens.
Und bei mir ist das natürlich nicht der Fall! —

Doergens
(in heißer Bewegung). Du — — Du solltest mehr bei Trudchen sein ... mehr für Trudchen sorgen ...

Frau Doergens.
Kein Wort mehr!

Doergens
(dicht vor ihr). Kein Wort?... Das arme Kind?... Du willst dahinleben ... im Taumel ... in — alles ... und hast ein Kind, das langsam — zer=
fällt — vor Deinen Augen — zer ....

Frau Doergens.
Wem sagst Du das?!!

(Tote Pause.)

Doergens

(weicht wieder langsam zurück). Es muß ... eine Ände=
rung eintreten ....

(Frau Doergens geht ab.)

Doergens

(in demselben Gedankengang, ohne zu bemerken, daß sie sich
entfernt hat.) Wenn Ludwig kommt ... vielleicht ....
(Pause.)

Caroline

(erscheint in der Thür rechts, ruft leise). Herr Doerjens —

Doergens.

Was —?

Caroline.

Trudchen will Nacht machen.

Doergens.

Ja ... jawohl. Gleich. (Er schleicht in das Zimmer
rechts. Kurz darauf hört man ihn dort mit übersprudelnder
Zärtlichkeit sprechen.) Na Gutennachtchen, mein Herz=
chen ... schlaf' wohl ... so ... ich wer' Dir de
Hand über die Decke ziehen — so, mein Lebenchen ...
schlaf' wohl.

(Pause.)

(Die rechte Eckthür wird geöffnet.)

Anna

(tritt herein, zurücksprechend). Na das wird aber eine
Überraschung sein, Herr Doktor — bitte, treten Sie
ein — Sie wissen wohl gar nicht mehr Bescheid?

Ludwig Doergens

(tritt ein. Er ist 24 Jahre alt. Mittelgroß. Vollfrisches Gesicht. Blond und kleiner Bartflaum an Mund und Kinn. Er trägt einen grauen Reisemantel, bleibt in lebhafter Bewegung stehen.)

Anna.

Ihr Gepäck habe ich draußen hingestellt, Herr Doktor.

Ludwig.

Danke sehr .. ich ..

Anna.

Legen Sie doch bitte den Mantel ab — (sie will ihm den Überrock aufknöpfen.)

Ludwig.

Ne, danke — das mach' ich mir allein — danke. (Er zieht den Mantel rasch aus und giebt ihn ihr.)

Anna

(lächelnd). Soll ich's nun den Herrschaften sagen?

Ludwig.

Ach ja — bitte — das wär' wohl das Beste —

Anna.

Dann will ich die gnädige Frau gleich benachrichtigen. (Ab.)

Ludwig

(ruft ihr nach). Und meinen Vater! (Pause. Er kommt vorsichtig nach vorn, bleibt beim Anblick vieler Gegenstände stehen und betrachtet sie mit stiller Freude, andere Dinge, namentlich Prunkstücke, mit unbefangener Bewunderung.)

Doergens
(kommt vorsichtig, auf den Spitzen gehend, von rechts zurück, sagt ganz leise). Machen Se de Lampe aus, Caroline. (Er steht rechts und mißt Ludwig mit blödem, lichtverwirrtem Blick) Noch 'n Gast ... freut mich sehr ...

Ludwig
(tief bewegt von seinem Anblick, geht, die Arme öffnend, auf ihn zu). Papa —

Doergens.
Junge!! (Er schließt ihn an sein Herz. Pause. Leise und zärtlich). Aber Jungchen — Jungchen — es hat doch garnich geklingelt? —

Ludwig.
Ich traf das Mädchen auf der Treppe — die brachte mich rein.

Doergens.
Ne — Junge — ich glaube, Du bist noch gewachsen — — wahrhaftig — nu sag' mal, was machste denn eigentlich?

Ludwig.
Und Du, Papa? Du siehst ganz gut aus.

Doergens
(halblaut). Meinst Du?

Ludwig.
Nu, wir haben uns doch drei Jahre nich gesehen —!

Doergens.
Drei Jahre? ... Is nich möglich! Ja, es sind

drei Jahre. Warum bist Du auch in den Ferien nie nach Hause gekommen?

Ludwig
(lachend). Ach, meine Ferien hab' ich gebraucht, Papa! Keller hatte auch während der Ferien für mich zu thun! Da gab's kein Nachhausereisen. Da mußte eben geschuftet werden!

Doergens.
Junge, Junge — wenn Du Dir bloß nichts gethan hast mit dem vielen Arbeiten —

Ludwig
(fröhlich). Wie Du siehst, nein! Jetzt bin ich dicke durch!

Doergens
(betrachtet ihn mit naiver Bewunderung). Ja — Examen hat er gemacht, Doktor is er geworden — Junge, 's is wirklich alles Mögliche!

Ludwig.
Vor allen Dingen bringe ich eine Empfehlung von Keller mit — das ist was wert! Keller is ja 'n reizender Kerl!

Doergens.
Ja nich wahr? Wir sind dem Mann auch so verpflichtet!

Ludwig.

Und nun von mir abgesehen — was macht Mama?

Doergens.

Danke, danke — alles in Ordnung.

Ludwig.

Und Arthur? Der neue Kaufmann? Sein einjähriges hat er also glücklich gekriegt?

Doergens.

Ja, das hat er bekommen.

Ludwig.

Na nu hat er's weg! Was lange währt, wird gut. — Und unser junges Huhn, unser Goldchen, Trudchen, was macht das Kind?

Doergens.

Gott — ich danke Dir, mein Junge. Mit Trudchen is es leider sehr traurig —

Ludwig

(herabgestimmt). So. Hm. Aus Mamas Briefen entnahm ich das nicht.

Doergens.

Nu ja — Mama.

Ludwig.

Wie?

Doergens.

Ich meine — Mama wird Dir das wol nicht alles so haben schreiben wollen — ich ja auch nicht, siehst Du —

Ludwig.

Aber um Gotteswillen ... Papa ... was ist denn?

Doergens

(ganz leise). Für immer gelähmt.

Ludwig

(senkt den Kopf). O ..... mein armes Trudchen. (Pause). Macht Magnus gar keine Hoffnung?

Doergens.

Ach Magnus. Der versteht ja nichts. Aber Leyden, Gerhardt — alle sind se gekommen — Hunderte haben se gekriegt — thun konnten se nichts.

Ludwig

(geht auf und ab, halblaut). Kinder — ist das schrecklich, ist das schrecklich. (Pause). Wie trägt sie's denn?

Doergens.

Ach Gott, wir haben sie ja natürlich noch nich so aufgeklärt. Weißt Du, Ludwig, wenn einer keine Kraft hat, sich zu bewegen, dann wird er wol auch keine Sehnsucht danach haben.

Ludwig.

Ja, ja.

Doergens.

Aber was das für mich heißt — man hat gethan, was möglich war, — alles — man hat gearbeitet und arbeitet noch — für etwas, was man liebt, was lebt — und doch tot ist.... Junge....!

Ludwig

(erschüttert). Papa.

(Pause.)

Frau Doergens

(heiter von links). Nun Herr Doktor?

Ludwig

(wendet sich). Ach ... liebe Mama! (er küßt sie in tiefer Ergriffenheit.)

Frau Doergens.

Herrgott, bist Du feierlich.

Ludwig.

Feierlich? — Ja, Mama. Mir ist so.

Frau Doergens.

So sind wol die Doktoren alle?

Ludwig

(blickt ihr ins Gesicht). Du bist heiter ... Das freut mich. Ich freue mich überhaupt, daß ihr wohl seid. Arthur doch auch. Papa sagte mir nur eben von Trudchen — das thut mir so leid.

Frau Doergens
(leise zu Doergens). Mußtest Du das gleich anbringen?

Doergens.
Laß' mich. (Etwas verlegene Pause.)

Ludwig.
Und — wie geht's sonst? Mit wem verkehrt Ihr denn? Ich bin ja jetzt ganz raus.

Doergens.
O — nette Leute. Ganz nette Leute.

Ludwig
(zeigt nach dem Spielzimmer). Sind da welche drin?

Doergens.
Ja — 'n paar Freunde — spielen Skat. (Er blickt verlegen vor sich hin.)

Frau Doergens.
Nun setz' Dich aber erst 'n bißchen, Ludwig — hast Du gute Fahrt gehabt?

Ludwig.
Danke —

Doergens.
Ja eben! Der arme Junge wird ganz kaput sein — 'n ganzen Tag über gefahren —

Ludwig.

O nein, Papa — ich bin ganz frisch. Die Fahrt war garnicht so schlimm. Ich dachte an Euch —

Doergens
(ergreift seine Hand). Ach ja.

Ludwig.

Das war überhaupt so komisch — so ... Ihr wißt gar nicht — die ganze Zeit über hab' ich ja gebüffelt — da hatt' ich keine Zeit Heimweh zu kriegen — aber dann, wie's auf einmal hieß: jetzt bist Du fertig, jetzt fährst Du nach Haus — ich sage Euch — da konnte mir kein Schnellzug schnell genug fahren!

Doergens
(warm). Ach was.

Ludwig.

Ja wirklich, Papa — es ist eine ganz verdammte Geschichte, so drei Jahre wo anders. Darum war mir eben der Gedanke so groß, so — wunderbar: Zu Hause! — Ich sehnte mich von Herzen danach und hatte nun beinahe Angst davor. Dann aber ein paar Stationen vor Berlin — da kam wieder die liebe Eitelkeit in mir auf. Du kommst doch als Doktor, man wird Dich bewundern zu Haus ... Zu kindisch — was? Na, da wurde ich wieder mobil.

Doergens

(mit erzwungener Heiterkeit). Ja, nu biſte wieder hier. Ja.

(Pauſe.)

Ludwig.

Ich wollte Dich nur noch fragen — Du hatteſt mir doch geſchrieben, Papa, ich ſollte erſt Montag kommen. Und dann bekam ich geſtern von Mama einen Brief — per Eilboten — ich ſollte heute ſchon nach Berlin fahren.

Frau Doergens.

Mir lag daran, daß Du noch in dieſer Woche kommſt.

Doergens

(ſanft). Warum eigentlich, Amalie?

Frau Doergens

(ſchroff). Das werde ich Dir ſpäter erklären. — Haſt Du nun alle Examen hinter Dir, Ludwig?

Ludwig.

Ja. Ich muß allerdings noch viel lernen — kannſt Du Dir ja denken, Mama —

Frau Doergens.

Lernen muß ein Arzt immer.

Ludwig.

Ja ... nun ich meine ſpeziell ... Der Geheim=

rat Keller in Straßburg hat sich doch für mich interessiert; wie ich mich bei ihm verabschiedete, gab er mir noch so als letzten Freundschaftsbeweis eine Empfehlung an Professor von Bergmann mit — das kann von kolossalem Nutzen für mich sein.

Doergens.
Kolossal!

Frau Doergens.
Ja — inwiefern denn?

Ludwig.
Nun, ich werde doch wahrscheinlich ein Jahr in seiner Klinik arbeiten können. Was meinst Du, was man da noch praktisch lernt! Honorar könnte ich ja allerdings noch nicht beanspruchen ...

Frau Doergens.
So. Ja hör' mal. Das ist alles recht gut und recht schön — aber Dein Studium hat lange gedauert und hat viel Geld gekostet.

Doergens (geht peinlich berührt nach rechts).

Ludwig
(ruhig). Billiger konnt' ich's nicht machen, Mama. Du wolltest doch selbst, daß ich in eine Verbindung eintreten sollte.

Frau Doergens.
Nun ja, ja — ich mach' Dir ja auch keine Vor=

würfe. Ich meine nur, wie jetzt die Verhältnisse liegen, wie die Zeit ist — man müßte zunächst darauf sehen, was zu verdienen.

Ludwig.
Das will ich ja auch. Gewiß, Mama. Wenn ich mit meinem Studium fertig bin.

Frau Doergens.
Du bist doch fertig.

Ludwig.
Äußerlich ja. Aber sieh' mal, ich will eben kein Stümper sein, Mama. Ich habe viel vor — ich will — man muß eben lernen! —

Frau Doergens.
Daran hindert Dich doch aber niemand. Das kannst Du ja auch, wenn Du Arzt bist.

Ludwig
(steht auf). Was —? Du meinst — ich soll jetzt schon praktizieren?

Frau Doergens.
Was verdienen sollst Du. Arzt bist Du jetzt, Empfehlungen hast Du — nun laß' Dich hier nieder und bring' Dir was ein!

Ludwig.
Aber ich kann ja nichts!.. Wahrhaftig, Mama, man kann noch nichts!

Frau Doergens.

Das wäre traurig.

Ludwig.

Wir verstehen uns nicht, Mama .... (Pause.)

Doergens

(losbrechend). Das is auch nich zum aushalten! Quäl' doch den Jungen nich schon, kaum, daß er zu Hause is! Is es denn nich möglich, hier im Hause Frieden zu haben! Is es denn nich möglich!!

Ludwig.

Aber Papa, bleib' doch ruhig.

Frau Doergens

(höhnisch). Ja, nun fängt die Komödie an! Schau' nur auf Deinen Vater. Bildet Ihr nur eine Partei gegen mich — Ihr Beide! Ich störe Euch nicht!

Ludwig.

Wie kannst Du nur so bitter sein, Mama. Wir können doch ganz ruhig mit einander reden. Was verlangst Du denn von mir?

Frau Doergens.

Verlangen? Ich? Bin ich immer der Sündenbock?! Da! Frag' Deinen Vater! Ich wer' mich hüten! Dir Vorschriften machen! Frag' Deinen Vater!

Ludwig.

Aber was denn? Mit Dir ist nicht zu reden, Mama —

Doergens.

Ja lieber Ludwig — mit mir auch nich!! (Er wendet sich in heftigster Erregung ab.)

Ludwig

(tritt langsam nach vorn. Eine unendliche Wehmut steigt in ihm auf. Er schaut abwechselnd, gleichsam bittend, Hilfe suchend auf Vater und Mutter). Wahrhaftig.... das Wiedersehen hatte ich mir anders ausgemalt... ganz anders... Dazu habe ich nu gearbeitet, geschuftet... die Ferien durch... habe alles in der kürzesten, in der denkbar kürzesten Zeit durchgesetzt... und dann finde ich Euch so — ich weiß nicht — so zurückweisend...

Doergens

(sich vergessend). Mich?!

Ludwig

(warm.) Nein, Papa — Du — das konnte ich mir ja auch nicht denken — daß Du gar kein Verständnis dafür hast. Aber wie ich ankam auf dem Bahnhof — und kein Mensch da, der mich erwartet — wahrhaftig, ich glaubte, Ihr hättet mir was verheimlicht, es ist was passiert, was ich nicht wissen sollte —

Doergens.

Aber lieber Junge, ich wußte ja nicht, daß Du kommst. Mich hat ja kein Mensch benachrichtigt . . . Ich war ja den ganzen Tag im Schneesturm auf der Straße . . . ich — (furchtbar ausbrechend) ich bin ja 'n Hund!!!

Ludwig
(bleibt stehen, sieht abwechselnd auf seine Eltern. Pause).

Frau Doergens
(kurz mit schneidender Stimme). Na ich sehe, Ihr seid jetzt im rechten Fahrwasser. Hör' nur Deinem Vater zu, mein Junge, und bilde Dir dann ein Urteil über Deine Mutter! (Sie will gehen.)

Ludwig
(tritt plötzlich und schnell an sie heran) Nein, bleib hier, Mama . . . ich bitte Dich . . so kann's nicht bleiben. Ich bin älter geworden, Mama — umspringen lasse ich nicht mit mir! Sag' mir, was Du gegen mich hast: Ich habe Dir nie was gethan!

Frau Doergens.

Aber warum so tragisch? Ich habe nichts gegen Dich. Weshalb auch? Du bist fleißig ge= wesen, Du verstehst Dein Fach — was soll ich denn gegen Dich haben?

Ludwig
(mit zitternder Stimme). Wenn Du es über's Herz

bringen konntest, mich nach so langer Zeit, nach solcher Zeit — mich so zu empfangen —!!

Frau Doergens.

Nun, da siehst Du wenigstens gleich, wie die Dinge bei uns stehen. Mein „Empfang" wie Du's nennst, war die Wahrheit! Was willst Du denn mehr? Das hast Du mir zu verdanken! Da! Frag' Deinen Vater! (sie geht ab).

(Pause).

Ludwig

(mit starrem Blick). Papa — — kannst Du mir er=
klären —

Doergens

(der seiner Frau mit haßsprühenden Augen nachgesehen, wendet sich zu ihm, packt mit heißem Griff seine Hand).

Ludwig

(erschrocken). Papa —!

Doergens

(mit mühsam ringender Stimme). Daß Du kamst, war gut. Das war gut! Sie hat recht daran gethan, daß sie Dir schrieb, Du solltest heut schon kommen. Noch einen Tag, eine Stunde länger — nein! dann wär' es vorbei gewesen.

Ludwig.

Vor—bei? Was?

Doergens.

Mein armer Junge, es thut mir so leid — kaum bist Du zurück, da kommt schon der ganze Ernst, der ganze Fluch schon über Dich ...

Ludwig

Ist es was Geschäftliches?! Was im Geschäft?!

Doergens.

Nein — ja, das auch — überhaupt ... wir leben in einem Sumpf ... ich kann's ja nich mehr aufbringen, was gebraucht wir — schon lange nich mehr — und da geht's denn immer tiefer, immer tiefer.... Rauskommen kann ich nich mehr ... immer geben ... den ganzen Tag lauf' ich rum ... wie'n Hund .. bezähme mir das Geld zur Pferdebahn .. um was zu verdienen .. und Abends .. wenn ich 'n paar Groschen habe .. dann muß ich abliefern .. wie'n Betteljunge ... Dann muß ich liebenswürdig sein mit den Schmarotzern, die sie sich einladet ... dann muß ich müde wie'n Hund die Nächte durchsitzen ... und komm' ich in's Bett .. dann hält mich die Sorge wach ... bis ich wieder raus muß .. raus in die Kälte .. am frühen Morgen. Das sind unsere Verhältnisse! Das sollte ich Dir sagen! Das!

Ludwig.

Aber um Gotteswillen, Papa — ich kenne Dich doch ... Du weißt doch, was Du willst — warum trittst Du denn nicht auf — Du bist doch Herr im Hause — Du brauchst doch nur zu befehlen!

Doergens.

Ach, das is ja das Gräßliche. Das weiß ich ja, daß Du die Achtung vor mir verlieren mußt. Das weiß ich ja. Ich habe ja alles aufgegeben — alles.

Ludwig.

Mein Gott.

Doergens.

Früher — wie Du fortgingst auf die Universi=
tät — da war's anders. Da hatte ich wenigstens zwei Sachen, wofür ich arbeiten konnte. Du und Trudchen. Trudchen war damals noch ziemlich gesund, konnte sich noch regen, mir noch entgegen=
laufen, wenn ich aus'm Geschäft kam.. Auf Arthur habe ich ja nie gerechnet — der is ja anders — der is wie die Mutter... aber wie es nachher so schrecklich wurde mit Trudchen, so ganz schrecklich..

Ludwig.

Das durfte Dich doch aber nicht so nieder=
drücken, Popa!

Doergens.

Mein guter Junge.. niederdrücken... Du sprichst, wie Du's verstehst. Es war immerhin ein fürchterliches Unglück. Solch' schönes Kind und so — vernichtet. Aber ein Vater muß darüber weg

— Du hast ganz recht. So lange solch' armes Wesen lebt, hat er dafür zu arbeiten. Ich that's ja auch .. ich thu's ja täglich .. bis ich nich mehr kann. Aber ich hätte den Mut nich verloren, Ludwig — wenn ich Beistand gehabt hätte, irgend=welchen Beistand. Aber wie ich das Kind dahin=siechen sah . . . wie mich der Schmerz so durch=zuckte, daß ich alles außermir vergaß — und wie ich Deine Mutter von der Stunde an, wo die Ärzte die Hoffnung aufgaben, sich abwenden sah von dem unglücklichen Kind, abwenden, als wenn es nicht ihr Kind wäre ...

Ludwig
Das ist nicht möglich!!

Doergens.
Doch, Ludwig, doch. Ich hab's erlebt. Du willst Arzt werden — lerne daraus, daß so etwas möglich ist. Kein Blick für die Sehnsucht, für das Gefühl des Kindes, kein Verständnis für seine Schmerzen ... nur verletzt, beleidigt in ihrer Eitelkeit — so war Deine Mutter.

Ludwig
(tonlos). Eitelkeit?

Doergens.
Eitelkeit. Daß sie solch' ein Kind hatte, daß dies Kind ihre Tochter ist, ihre einzige Tochter — deshalb wollte sie es überhaupt nicht mehr kennen.

Ludwig.

Du bist zu bitter, Papa …

Doergens.

Bitter?! Nein, ich irre mich nicht … Das is ein fürchterlicher Charakter! … Eitel … Damit ist sie erschöpft. — Wir haben ein gutes, treues Mädchen, die Caroline — ich sage Dir, die Fremde hat zehnmal mehr Herz gezeigt, als die eigene Mutter. Wenn die Anfälle bei Trudchen kamen — dann hat mich Caroline gerufen — dann saß ich bis zum Morgen an des Kindes Bett — bei mir wurde sie ruhig. (Pause.) Ludwig, ich würde mich ja nicht beklagen — ich würde Dir ja alles ersparen — es ist auch unrecht, daß ich's nich thue. Aber daß Du ein falsches Bild von mir bekommst — das kann ich nich auch noch dulden. Ich bin verbraucht, ich bin nichts wert, ich habe meine Macht hingegeben — aber Du weißt jetzt auch, warum.

Ludwig
(nähert sich ihm, mit Herzlichkeit). Du sagtest aber vorhin, Du hättest zwei Dinge gehabt, woran Du Dich klammern konntest: Trudchen und mich. Trudchen hast Du nicht verloren, denn Du liebst sie ja. Und ich? —

Doergens
(ergreift seine Hand). Nein, mein teurer Junge — verloren hab' ich Dich auch nicht. Du glaubst, es

hat hier in Deiner Familie niemand Verständnis dafür, was Du gethan, was Du erreicht, was Du für ein Streben hast. Sei überzeugt, Ludwig — ich weiß das alles zu schätzen.

Ludwig
(läßt die Hand in der seinigen, wendet sich ab und sagt mit zitternder Stimme). Freut Dich das nicht? —

Doergens
(ausbrechend). Junge ... es is ja mein Stolz!! — (Pause.) Du willst mehr als ein Dutzend=Arzt werden ... Du willst was thun für Deine Wissenschaft. Das weiß ich ja alles.

Ludwig
(wie oben). Freut's Dich nicht? — —

Doergens.
Aber ich weiß auch, daß ich nichts thun kann, nichts, um Dir bei Deinen Plänen zu helfen. Ich habe Verständnis dafür, daß Du noch lernen mußt, daß das Verdienst noch nicht die Hauptsache für Dich is. Aber ich selbst muß Dich zwingen, um Geld zu arbeiten. Ich selbst.

Ludwig.
Du? Warum?

Doergens.
Weil ich unsern Haushalt nicht länger bestreiten

kann. Deine Mutter geht von keinem ihrer Genüsse ab — unter keiner Bedingung. Sie übt solchen Zwang auf mich aus... Du glaubst das gar nich. (Ludwig läßt seine Hand los. — Pause.) Übermorgen ist der Erste — sie wollte Dich noch vor'm Ersten in Berlin haben. Darum schrieb sie Dir. Was für die Miete fehlt, sollen Deine Ersparnisse decken —

Ludwig.

Aber das ist doch ganz selbstverständlich.

Doergens

(mild). Junge, Junge — sei nich so gut — das is hier nicht angebracht — damit begnügt sie sich nich — Du sollst Deine Empfehlung bei Bergmann fallen lassen, bei uns wohnen, und damit Du ein Drittel von der Miete bezahlen kannst, sollst Du bei Magnus Assistenzarzt werden. Der alte, faule Ignorant mit seiner kleinen Praxis.

(Pause.)

Ludwig.

Und Du meinst, Papa — es geht nicht anders, wenn wir weiter so leben wollen?

Doergens

(senkt den Blick). Nein ... es geht nich anders.

Ludwig.

Hm. — (Nach einer Pause.) Ich werde beides thun.

Doergens.

Was?

Ludwig.

Ich werde für Bergmann arbeiten und außerdem Assistenzarzt sein.

Doergens.

Das kannst Du nich —!

Ludwig

(mit trübem Lächeln). Kann ich nicht? Du weißt noch nicht, was ich kann, Papa.

Doergens.

Und Du meinst, ich werde das annehmen? Solch' Opfer? Daß Du Dich krank machst? Für was denn? Für das Haus hier? Für unser Leben? Unser Leben! Du hast 'ne Ahnung!!

Ludwig.

Unser Leben muß anders werden. Und es wird anders werden. Wo sollte das sonst hinaus? Vertrau' mir nur, Papa — Du bist alt — — ich werde für eine Änderung sorgen.

Doergens

(mit stierem Blick). Das sagte ich mir auch mal ... das hatte mich auch immer aufgerichtet.... aber jetzt — — jetzt nich mehr .... und hier — bei uns — da willst Du Deine Kraft verlieren — Deine frische, junge Kraft ... da willst Du ebenso zerfallen wie Trudchen ... wie ich ... Ludwig!!! (Er packt in Verzweiflung seine Hand.) Thu's nich, Ludwig — es is hier nichts für Dich — glaube mir — es wär' ja alles gut — wenn hier 'n Halt wäre — aber es is hier kein Halt. Du sollst raus — Du sollst was werden — Du mußt!!

Ludwig.

Zunächst bin ich Euer Sohn — nicht wahr?

(Tiefe Pause.)

Ludwig.

Ich möchte Trudchen gern sehen. Schläft sie?

Doergens

(fährt sich über die Stirn). Ja — sie schläft.

Ludwig.

Können wir vorsichtig reingehen?

Doergens.

Komm'. (Er öffnet lautlos die Thür rechts — geht auf den Spitzen voran — Ludwig folgt ihm.)

(Pause. — Aus dem Spielzimmer lautes Geräusch, Stimmengewirr: „Aß hätten Se spielen müssen! Sie können nich spielen!" „Aß lag. Ich weiß, was ich thue!" „Lächerlich!" — Der Lärm verstummt wieder. Die Thür des Spielzimmers wird vorsichtig geöffnet, Arthur kommt herein.)

Arthur
(geht leise nach der Thür links, ruft halblaut). Mama!

Frau Doergens
(erscheint links). Was?

Arthur.
Ludwig is wol gekommen?

Frau Doergens.
Ja.

Arthur.
Hätt'st mich doch rufen sollen.

Frau Doergens.
Ach was.

Arthur.
Wo sind se denn?

Frau Doergens.
Wahrscheinlich drin. (Zeigt nach rechts.)

Arthur.

Natürlich.

(Pause.)

(Doergens und Ludwig kommen leise von rechts zurück.)

Ludwig
(ergriffen). Es ist doch ein schönes Kind!

Doergens.

Nicht wahr?

Ludwig.

Wie schade. — — (Er erblickt Arthur). Nun, Arthur? Bist Du auch da? Wie geht's Dir denn?

Arthur
(giebt ihm die Hand). Danke Dir! Und Du? Na Du siehst ja riesig schneidig aus mit Deinem Schmiß. Doktor biste auch geworden — gratuliere nach= träglich.

Ludwig.

Danke. Du bist jetzt im Geschäft — fühlst Du Dich zufrieden in Deiner Stellung?

Arthur
(gähnt, lachend). O — ganz gut. Wenn de Börse man ooch zufrieden wäre.

Ludwig.

Hast Du auch mit der Börse zu thun?

Arthur.

Na natürlich — nur.

(Pause.)

Ludwig

(wendet sich zu Frau Doergens). Mama, eh' unf're Gäste wieder reinkommen, möchte ich Dir den Entschluß mitteilen, den ich gefaßt habe.

Arthur.

Entschluß? Bitte. (Streckt sich aufs Chaiselongue aus.)

Ludwig

(sieht ihn an). Ich spreche mit Mama. — Hörst Du, Mama?

Frau Doergens.

Bitte.

Ludwig.

Papa hat mir erzählt, wie unser Geschäft ist und wie unf're Verhältnisse liegen, und daß er es allein so nicht weiter durchsetzen kann bei unserm Gebrauch. Wenn ich für meine Person auch andere Pläne für die Zukunft hatte, seh ich doch ein, daß ich zu unserm Unterhalt beitragen muß. Ich will also die Assistenzstelle bei Magnus übernehmen und bei Bergmann nur schriftlich arbeiten —

Frau Doergens.

Wird das honoriert? — (Doergens tritt ihr näher.)

Ludwig.

Das — weiß ich nicht. Ich glaube nicht. Aber Du hörst ja, ich will auch die Assistenz annehmen —

Arthur.

Und dann willste Dich noch außerdem mit unnötigen Arbeiten schwächen, Mensch?

Ludwig.

Ich bitte Dich, Arthur ... misch' Dich hier nicht ein — das vertrage ich nicht — Du siehst, Mama, ich gehe auf alles ein, was Ihr von mir wollt.

Frau Doergens.

Gut.

Ludwig.

Aber ich habe eine Gegenforderung.

Frau Doergens.

Die wäre?

Ludwig.

Ich sehe, was bei dem jetzigen Leben aus uns geworden ist. Papa ist so furchtbar verändert — ich kann es garnicht sagen. Und Ihr Beide, Du, Mama, und Arthur — Ihr seid auch ganz anders, als ich Euch in der Erinnerung hatte.

Arthur
(streckt die Beine von sich). Ach?

Ludwig
(wirft ihm einen starren Blick zu, wendet sich dann wieder zu seiner Mutter). Mit Trudchen .... das ist ein so furchtbares Unglück — aber — ich will davon still sein — das muß ertragen werden —

Frau Doergens.
Komm nun bitte zu Deiner Forderung.

Ludwig
(nach einer Pause). Muß ich Dir die erst nennen, Mama?

Frau Doergens
(wechselt einen lachenden Blick mit Arthur). Ja hör' mal — Gedanken lesen kann ich nicht!

Ludwig
(wieder mit einem kurzen Blick auf den Bruder). Eigentlich ist es gegen mein Gefühl .... aber da wir uns überhaupt nicht so leicht zu verstehen scheinen, will ich Dir sagen, was ich will. Ich will, daß dies — vegetieren aufhört, ich will, daß wir für einander, nicht für den Genuß leben!

Arthur
(zwischen den Zähnen.) Bravo.

Frau Doergens
(ironisch). Du willst viel.

Ludwig

(zusammenzuckend) . . . Ich denke nicht. Im Vergleich zu dem, was ich dafür biete . . . Ich gebe ja alles, was ich habe. Meine ganze Kraft. Und verlangen thu' ich dagegen nur, daß ein geordnetes, zufriedenes Familienleben anfängt. Aufgeben sollst Du nichts, Mama — Du sollst nur gewinnen. Glaubst Du mir das?

Frau Doergens

(immer mit ironischen Blicken zu Arthur hin). Hm. Und wie malst Du Dir dies — geordnete Familienleben aus?

Arthur
(unterdrückt einen Hustenanfall).

Ludwig.

Billig leben, für uns leben, keine großen Gesellschaften die Nächte durch mit gleichgültigen Menschen.

Frau Doergens.

Du würdest also jedweden Umgang verbieten?

Ludwig.

Zu verbieten habe ich gar nichts. Ich würde aber ein oder zwei gute Freunde, mit denen man mal des Abends zusammen ist, genug finden.

Frau Doergens
(leichthin). Da würde uns aber die Wahl schwer fallen. Nicht, Arthur?

Arthur
(nach der Decke blickend). Ja, Mama. Schlösser müßte schon bleiben.

Doergens
(fährt bei diesen Worten empor — er thut ein paar taumelnde Schritte auf Arthur zu, schlägt die Hände vor's Gesicht und bleibt in krampfhaftem Zittern stehen).

Frau Doergens
(steht unbeweglich, mit starrem Lächeln links).

Arthur
(hat sich, von der Wirkung seiner Worte erschrocken, aufgesetzt).

Ludwig
(blickt in wechselndem Begreifen auf die Drei). Schlösser? Wer ist das —?

Arthur
(beherrscht sich nicht mehr, bricht in ein ersticktes Gelächter aus).

Ludwig
(nähert sich ihm langsam). Du lachst.... Ich weiß nicht.... Du lachst!! (Er stürzt sich plötzlich auf Arthur.)

Arthur (läuft nach links).

Doergens.

Ludwig — um Gotteswillen!

Frau Doergens
(stellt sich vor Arthur). Halt!

(Ludwig bleibt stehen.)

Arthur, geh' hinaus! Ich will's!

Arthur
(blaß und erschrocken, zaudert erst noch, geht dann achsel=
zuckend links hinaus.)

(Pause.)

Frau Doergens.

Man hat hier mit Verrückten zu thun. Ich will mich in meinem Hause nicht beleidigen lassen! Macht, was Ihr wollt, mir ist es gleich. Ich gehe jetzt zu meinen Gästen.

(Sie öffnet die Thür zum Spielzimmer und geht hinein. Man sieht einen Augenblick die Skatspieler drinnen am Tisch sitzen, man hört ihr Lachen und Geschwätz. Die Thür schließt sich sogleich wieder hinter Frau Doergens.)

(Pause.)

Ludwig
(bleich und leise). Du hast mir das Schlimmste ver=
heimlicht .. Ich will Dir geben, was ich habe — alles — aber damit habe ich nichts zu schaffen.

Doergens.

(tonlos, mit halbgeschlossenen Augen). Du weißt nicht, was ich gelitten habe. Ich bin nicht schuld. Ich bin zerstört .. Ich bin so müde, mein Junge.

Ludwig.

Ich will nicht richten. Schuld habt ihr beide. Aber ich darf nicht hierbleiben. Ich muß mir retten, was ich noch habe. Kämpf' Dich durch! Es ist noch Zeit. Und wenn es zum Äußersten kommen muß — —! Ich bin Dir nah. — Leb' wohl. Ich muß allein sein. (Er wendet sich zum gehen.)

Ende.